无敌钥匙奶奶：典藏版．第二季

钥匙奶奶被绑架了

[日] 手岛悠介 著
[日] 冈本飒子 绘
林少华 译

人民东方出版传媒
People's Oriental Publishing & Media
東方出版社
The Oriental Press

图字：01-2023-2519号

图书在版编目（CIP）数据

无敌钥匙奶奶：典藏版．第二季．钥匙奶奶被绑架了 /（日）手岛悠介著；（日）冈本飒子绘；林少华译．—北京：东方出版社，2023.10
ISBN 978-7-5207-3556-8

Ⅰ.①无… Ⅱ.①手… ②冈… ③林… Ⅲ.①童话—日本—现代 Ⅳ.① I313.88

中国国家版本馆 CIP 数据核字（2023）第 127511 号

无敌钥匙奶奶：典藏版．第二季
（WUDI YAOSHI NAINAI: DIANCANGBAN. DI-ER JI）

作　　者：［日］手岛悠介
绘　　者：［日］冈本飒子
译　　者：林少华
策 划 人：黄　娟
责任编辑：潘朵朵
责任审校：曾庆全　孟昭勤
出　　版：东方出版社
发　　行：人民东方出版传媒有限公司
地　　址：北京市东城区朝阳门内大街 166 号
邮　　编：100010
印　　刷：北京文昌阁彩色印刷有限责任公司
版　　次：2023 年 10 月第 1 版
印　　次：2023 年 10 月第 1 次印刷
开　　本：880 毫米 ×1230 毫米　1/32
印　　张：35.5
字　　数：200 千字
书　　号：ISBN 978-7-5207-3556-8
定　　价：240.00 元（全 10 册）
发行电话：（010）85924663　85924644　85924641

译 序

这套“无敌钥匙奶奶”系列故事，是写给小学生，尤其是低年级小学生的课外读物。一套十本。除了“钥匙奶奶”，每本出场的小学生和老师等人的名字各不相同，故事也不一样。因此，既可以作为系列故事阅读，又可视为各个相对独立的故事。

故事有很强的现实性，几乎每本都围绕儿童成长过程中时常遇到的一个问题展开。比如本来学习数一数二的孩子考试突然考了“35分”时应该怎么办？受到老师意外严厉的不公平的批评时应该怎么办？被同学误会了而自己又很难解释时应该怎么办？遇到个别同学对刚来的转学生或者外国学生不够友好时自己应该怎么办？爸爸妈妈因为工作忙而无法给自己办生日庆祝会时应该怎么办？同学患病的弟弟相信世界上真有圣诞老人并且想在平安夜见圣诞老人时自己应该怎么办？自己养的宠物狗被坏人拐跑时应该怎么办？去外国旅行时碰上莫名其妙或者感到害怕的场景时应该怎么办?

也就是说，这十本书关乎学习，关乎爱心，关乎勇气，关乎友谊，关乎同学之间的交往，关乎师生之间的关系，关乎求知欲、好奇心和想象力，也关乎亲子之间的理解和情感。对此，书中不仅提出了令人心悦诚服的解决方案，而且故事本身不落俗套，十分引人入胜。作者以敏锐的感觉、轻灵的笔触、温馨的情思刻画出了一个个善良勇敢、蓬勃向上、生动可爱的男孩儿女孩儿形象，为儿童的成长提供了许多有益的启示。

与此同时，“无敌钥匙奶奶”系列故事还有明显的童话元素。这集中体现在“钥匙奶奶”身上。她无所不能，来去无踪，总是在“钥匙孩儿”(因父母上班不在家而自己带钥匙的孩子)最需要帮助的时候忽然出现，又忽然消失。对于孩子——当然包括非“钥匙孩儿”——钥匙奶奶既是奶奶，又是妈妈、姥姥以至所有关心下一代的成年人的化身。她慈祥、坦诚、机智、幽默，不仅在现实生活中为孩子们排忧解难，而且以丰富的知识和阅历在思想品德上言传身教，告诉孩子如何做人，激发孩子的求知欲和想象力。前面说了，钥匙奶奶是唯一贯穿十本书的主人公。她像黄昏时分绚丽的夕晖，照得每个孩子发出动人的光彩，又像夜半旅途远方的灯火，引导孩子迈出坚实的脚步。

在这个意义上，这套书可以说是非童话体裁的童话，是极具日常现实性的童话。

曾几何时，童话字里行间静静流淌的小溪，滋润着你心间刚刚萌发的幼苗；童话纸页闪烁的点点银星，引发过你无边的遐思和幻想。而同时激起的初心和人生图像，无疑是你一生最可宝贵的精神财富。而现在，网络上的图像和视频在很大程度上消解或固化了童话催生的内心视像，限制了跳跃性思维的生成和发展。

跳跃性思维关乎悟性。什么是天才，天才就是悟性好的人。即使在这个意义上，也要回归童话，回归文字阅读。说绝对些，没有文字阅读，就没有童话。

文字阅读，当然要阅读好的文字。尤其是儿童，更要阅读好的文字。这是因为，儿童的语感、语言感受力十分稚嫩、敏感和脆弱。如果经常接触不适当的语言文字，势必影响儿童语感的萌发和形成，进而影响对于语言文字的审美感觉。也就是说，语感关乎美感，而美感关乎幸福感。幸福从何而来？无须说，在温饱不成问题的前提下，更多地来自日常性审美感受和审美能力。而语言文字审美占了其中很大一部分，甚至是其他审美感受的基础。

举两个最简单的例子。早上出门碰上好天气时，想起“天朗气清，惠风和畅”的人相比于想不起来的人，肯定要高一个审美层次。同样，看见一轮明月，想起“明月几时有”，看见晚霞，想起“落霞与孤鹜齐飞”的人，肯定比想不起来或者无动于衷的人多几分幸福感。正是在这个意义上，我曾说如果一个人不懂宋词之美，那可真是赔大了、损失大了——那等于主动放弃了几乎不用花钱就能得到的幸福感、“不劳而获”的幸福感！

然而必须说，现在的儿童读物、儿童文学，好的文字、好的语言似乎不是很多。至少我接触的翻译作品，情况大体如此。可能有不算很少的作者、译者觉得反正是给小孩子看的玩意儿，何必那么较真儿！而我认为，大人看的东西倒也罢了，而给儿童看的，必须较真儿，怎么较真儿都不为过。正是出于这样的认识、这样的使命感——请别怪我狂妄——我接受了东方出版社的翻译邀请，七十岁的我得以“冒充”七八岁、十来岁的儿童来翻译这十本书。这让我重拾童心，重回童年少年岁月，那真是一种妙不可言的幸福感。

但愿无数小读者在读的过程中，也会获得妙不可言的别样幸福感。我期待着！

二〇二三年于乡间书屋

时九台秋高气爽花果飘香

（林少华，文学翻译家，散文家，学者，中国海洋大学教授。祖籍山东蓬莱，1952 年生于吉林九台。毕业于吉林大学研究生院。曾任教于暨南大学、长崎县立大学，亦曾在东京大学从事学术研究。著有《落花之美》《为了灵魂的自由》《乡愁与良知》《高墙与鸡蛋》《雨夜灯》《异乡人》《小孤独》《林少华看村上：从〈挪威的森林〉到〈刺杀骑士团长〉》《言之无文行而不远》《林少华的文学课》。译有《挪威的森林》《海边的卡夫卡》《奇鸟行状录》《刺杀骑士团长》等村上春树系列作品，以及《心》《我是猫》《罗生门》《雪国》《金阁寺》《失乐园》《在世界中心呼唤爱》等日本名家作品凡一百余部，广为流布，影响深远。2018 年以其杰出的翻译成就和对中日文化交流的贡献获日本“外务大臣奖表彰奖”。）

目录

阿基的烦恼

寒假到了。

从二楼三年级一班教室，可以看见叶子落尽的樱花树在北风中瑟瑟发抖。

“在有明游乐园看动画片的时候，又是坐过山车，又是看魔幻公馆，好有意思啊！”

“那里的过山车，倒过来好吓人的哟！”

阿基幼儿园时期就要好的朋友阿克，今年没在家里开生日聚会，而是在寒假期间把几个朋友找去有明游乐园。

以往每次都被请去参加生日聚会的阿基，今年不知为什么，没有受邀去游乐园——被朋友们抛在一边的打击，使得他的情绪一落千丈。

总的说来，自己不是有说有笑的那类性格，跟大家玩也玩不出意思——莫不是因为这个？或者，阿克把自己忘了不成？……算了，不想这个了。

为了不和阿克面对面，阿基故意

往窗外张望。这当口，广树走上前来。

“阿基，科洛勃还那么神气吗？”

科洛勃，是阿基养的一条白毛狮子狗。

阿基是钥匙孩儿。他爸爸说狗是人类最好的朋友，为了祝贺他升三年级，就给他买了一条脑袋瓜聪明的狗。

阿基回头答道：“唔，还很神气。天天伸长脖子等我回去。”

“科洛勃喜欢玩皮球啊！今天星期三，要是早些放学就好了。”

广树同是上幼儿园时就要好的朋

友，进了阿克游乐园聚会的朋友圈。阿基想，广树肯定是对自己没受到邀请感到不忍而主动过来搭话的。

“阿基，下次还和科洛勃玩皮球好了！”

“嗯，什么时候都好。科洛勃也一定高兴。”

正说着，第四节上课铃响了。阿基一边看着阿克折回座位的背影一边心想：广树真是我的贴心朋友！

来自胡子主编的请求

这天午后，阿基把科洛勃领去中央公园，在风很大的棒球场上练习投球。科洛勃瞄准球直线飞跑过去，叼球返回。他们如此一次又一次投接球不止。

阿基投累了，就手摸气喘吁吁的科洛勃，正摸着，一个蓄着连鬓胡的伯伯走了过来：“狮子狗像是很聪明啊！”

他身穿双排扣短大衣，肩上挎着挎包，看上去时尚极了。

“很小的时候，我也养过一条狸犬。”

伯伯一边抚摸科洛勃一边以熟人般的语气问：“想打听一下，你的同学里面，可有钥匙孩儿？”

“多着呢，我也是。”

“噢，你也是钥匙孩儿！”

伯伯从胸袋里掏出名片，递给阿基说：“《升学之友》这本杂志，你听说过吗？我是主编田中。现在有个采访计划，非常希望得到钥匙孩儿的配合。你的名字？”

“推销杂志？”

也许是听出怀疑意味，田中主编苦笑道：“哪里是什么推销杂志！那么，就不问名字了。我想采访一个人，可是很难遇上啊！”

胡子主编从挎包里取出一张剪报给阿基看。

一看这剪下来的图片，阿基吃了一惊：

“这……这不是钥匙奶奶吗？”

“正是。钥匙奶奶，钥匙孩儿的朋友、孩子们的朋友。对方若是钥匙奶奶，你也是想见的吧？”

这胡子主编说话好怪，阿基再次看了看他：红脸膛，满脸严肃的表情。

“你觉得钥匙奶奶不过是故事里的主人公罢了，可又盼望钥匙奶奶出现，是这样的吧？”

阿基点头。

念二年级的时候，有一次阿基忍着不吃自己喜欢的蛋糕，苦等妈妈回家，当时一个劲儿祈祷“钥匙奶奶，您快来呀！”——以为只要有耐性，自己的心愿就能传达给钥匙奶奶。

胡子主编在胡子中间堆起笑容：

“我很想让你见到钥匙奶奶啊！钥匙奶奶肯定有，实有其人，不是虚构。这项计划，目的是好好问一下钥匙奶奶，让读者了解她是怎样的一个人。读者想必满怀期待。”

“问题是，钥匙奶奶肯出现在钥匙孩儿面前，却不肯让我这样走上社会的人看见。所以我想求求钥匙孩儿。”

“求什么呢？”阿基一狠心问道。

如果能见到钥匙奶奶，那可比在游乐园游玩不知好上几百几千倍。

“去长椅那里坐吧！”

主编走了起来。阿基牵着科洛勃跟在后面。

主编往长椅上一坐，马上掏出烟斗。阿基站着，科洛勃伸出舌头趴在地上。

主编吐出一口烟斗里的烟。

“那么求你一件事。也许你不理解，但只有这一个办法。不瞒你说，希望你把钥匙丢在哪里——你有烦心事，钥匙奶奶必定帮忙找钥匙，赶来见你。”

阿基心想什么呀，无聊！

这种名堂，凡是想见钥匙奶奶的孩子都能想到。

阿基问："有烦心事，是什么意思？"

"据我的研究，钥匙奶奶来见的，像是为碰到难题心烦意乱的孩子。"

阿基想起自己知道没被邀请去游乐园时的郁闷。但那种程度的事，很难说是烦心事吧！

"我、没什么烦心事！"

"依我看，你好像很有爱心，也很寂寞，说起烦心事，有百分之九十八的可能性。所以，这项弄丢钥匙的实验嘛，我一不碰你的钥匙，二不打听你住在哪里。

“假如我想了解钥匙所在的位置、想问你的住址，那么你就会想这个装作主编模样的人怕是专打‘空巢’主意的小偷吧？哈哈哈……”

胡子主编自觉好笑似的笑了起来。

“所以，我不问你的名字不问你的住址，钥匙丢在哪里也由你定。如果计划成功了，我会给你不错的酬金。

“我的请求是：等钥匙奶奶出现了，希望你给她看我的名片，转告说姓田中的主编想采访一下。只求你这个，只这样就可以。

“如果钥匙奶奶拒绝，那也没办法。打电话告诉我一声即可。”

这个请求像是梦境和现实相互交织一般微妙。

阿基闷声不响。这时，胡子主编从挎包里掏出一本黑色封面的《不可思议的钥匙奶奶》：

“送给你的礼物！这样，答应配合这项活动的钥匙孩儿，算你在内就有五个了。这里那里，有五把银光闪闪的钥匙正在等着钥匙奶奶。但愿她会出现在你这里。”

如此说罢，胡子主编也不等阿基回答，就大步流星地离去，很快消失在棒球场铁丝网那边不见了。

弄不清是梦境还是现实，阿基感觉很是不可思议。

遇见胡子主编也好，故意弄丢钥匙这个实验也好，全都像是虚幻世界里发生的事。

可自己手里有一本《不可思议的钥匙奶奶》。

哪怕为了回报人家给的这本书，阿基也必须把钥匙丢在哪里不成？

钥匙奶奶真的会来吗？

科洛勃是家里养的一只不同一般的狗。阿基将它放进浴缸，把它冰凉凉的四条腿洗得干干净净，又用吹风机吹干了。

然后打开餐厅的制暖空调，"咔"一声打开电视，可是阿基心里空落落的，电视什么的根本没看进去。

真的弄丢钥匙会怎么样？试试看？

不知从哪里传来这样的声音。不是胡子主编的声音，是阿基自己的声音。

他觉得发生奇迹的机会找到自己头上来了。想见钥匙奶奶的心愿已经化为挥之不去的念头：说不定可以利用这个机会……

碰碰运气！不行也不赔什么。

此刻在某个地方，四个钥匙孩儿或把钥匙藏起来，或丢在哪里，正迫不及待地等着钥匙奶奶的到来。

阿基拉开电话桌的抽屉，一眼就看到了复制的钥匙。

还是用我的钥匙实验吧！

和阿基家隔有两三家的拐角处有

一块空地，空地四周围着茶梅树篱。

如果把钥匙挂在树篱上，就算钥匙奶奶察觉了，别人也绝对看不到！

阿基飞出门去。

路上空无人影。茶梅树零零星星开着几朵粉红色的花——阿基把钥匙挂在一条枝上。

回到家后，他满脑袋都是理应到来的钥匙奶奶。岂能在竞争中败下阵去，哼！

时间在忐忑不安中流逝。

钥匙怎么样了呢？胡子主编的话

语在耳畔响起：

“假如我想了解钥匙所在的位置、想问你的住址，那么你就会想这个装作主编模样的人怕是专打‘空巢’主意的小偷吧？哈哈哈……”

胡子主编虽然是个不好琢磨的人，但看上去不像是坏人。毕竟这个世上不全是坏人。

对了，如果在那把钥匙上系一个写有自家地址的纸条，钥匙奶奶就会很快找上门来——担心出了什么事而直奔这里。还是要写上地址才对！

阿基走进自己房间，拿出新橡皮写上“绿町二——三一五 阿基”，然后再次跳出门去。

他把橡皮放在冷清清挂在树枝上的钥匙下面，又担心过于显眼，就用落叶盖上了一半。

这下，钥匙奶奶一定会来！百分之百！

——可是话说回来，居然给钥匙附上住址，阿基怎么会做这种可怕的傻事呢？

莫非给主编施以催眠术了不成？

“骗吃事件”

此后大约过去了半个小时。

尽管没有任何根据保证钥匙奶奶一定来，但阿基自己等得火烧火燎、心焦意躁。这当中，只管留意门厅的阿基耳朵里，忽然传来电视台女播音员的声音：

“怎么说呢，这可真够愚弄人的了。”

“哪里，是犯人吃牛排[①]。”

---

① 译者注：“愚弄人”的日语说法是“人を食う”，字面意思为“吃人”。所以这里的“吃牛排”是开玩笑。

评论员开了句玩笑。女播音员继续说：

“请看现在荧屏上的面部特写照片，警察断定这三个人是新式‘骗吃事件’的犯人，正在跟踪追击……”

看见电视推出的三人照片，阿基险些“啊”一声叫出声来。

那是上次在“无敌钥匙奶奶系列”中出现的坏人团伙的三个人：大胡子、长竿子、溜溜球。正中间的满脸胡子的人，就是刚才在公园里遇见说话的胡子主编。一点儿不错。

原来那个胡子主编是大胡子！

阿基感到一阵头晕目眩。改变胡子形状的坏蛋的摇身一变，把自己骗得一塌糊涂。

他开始担心树篱中的钥匙。

正要起身出门取回，又想了解一下“骗吃事件”是怎么回事，阿基不由自主地回头盯住电视。

女播音员说：

“三人的犯罪手段，是两人一组，而被另外两个人称为‘头儿’的主犯让其中一人穿得十分寒碜，把他领进餐馆或咖啡馆，如此这般故技重演。为了容易看懂，下面以电视剧形式请大家收看。”

趾高气扬的“大胡子”领着流浪汉“长竿子”走进餐馆。

大胡子对餐馆老板说：

“听说这个人已经三天什么也没吃了，觉得怪可怜的，就把他领来了。请做一份很快就能做好的东西，饭钱我来付。”

大概老板也很同情，就把一大份牛排放在长竿子面前说：

“这位先生这么有爱心，实在令人高兴，3000 日元[1]的牛排就收 500 日元吧！”

长竿子狼吞虎咽地把牛排一扫而光，

① 译者注：1 万日元约等于 519 元人民币。

从衣袋里掏出手帕刚要擦嘴，不料手帕里的一张 1 万日元的钞票“啪”一声掉在桌面上。

大胡子脸色大变：

“怎么回事，你?！原来有这样一大笔钱！”

大胡子对惊讶地赶来的老板说：“这个人口袋里藏了 1 万日元的钞票。自己有钱

却向我求助，狡猾的家伙！我一日元也不付了，由他自己付！”

大胡子离开后，老板对长竿子说：

“你怎么可以欺骗好心人呢！再不可做这种事了！这牛排我说了只收 500 日元，你要是答应再不这样了，就收 300 日元吧！”

长竿子高兴地点头。

“等一下，我这就去把 1 万日元找剩的 9700 日元拿来。”

老板在收款台数出金额递给长竿子。长竿子点头哈腰，转身出门。不料，手里拿着 1 万日元钞票的老板脸色顿时青了，喊道：

“这是玩具假钞啊！站住！”

老板跑出门外。但长竿子连影儿都没有了。

女播音员自觉好笑似的说：

“这就是‘骗吃’招数。那三个人尚未被捕，经营餐饮店的各位，务请小心，不要上这新式诈骗的当！”

——阿基关上无意中看到的电视节目，顺走廊跑到门厅。

他的胸口“怦怦”跳个不停。说

不定这三人团伙监视着自己的一举一动，那把钥匙已经被偷走了。

他急拧门拉手，岂料门拉手从外侧“咔嚓”转动起来。

三人团伙！

阿基险些吓得蹲下身子。

钥匙奶奶被绑架了

门悄无声息地从外侧开了。看见进来的人，阿基颤抖着叫道：

“钥、钥匙奶奶……！”

钥匙奶奶慈祥地笑着站在那里。

“阿基君，钥匙不是钥匙孩儿的勋章吗？你却把钥匙附带地址挂在茶梅树背后了——看来你是真想见我啊！”

钥匙奶奶“啪”一声张开右手：钥匙和橡皮在手心里。

科洛勃为有客人来大为高兴，摇着尾巴欢迎钥匙奶奶，马上扑了上去。

钥匙奶奶一边抚摸科洛勃一边说：

“阿基君，常言说‘人世间总有好人’，又说‘防人之心不可无’。往后可不要做这种傻事了。“

“是，钥匙奶奶！”

阿基脸红了，说罢心想：

可钥匙奶奶到底发现了钥匙上的住址，急忙赶来了哟！

“好了，今天给你做好吃的‘海盗料理’！”

钥匙奶奶把那个黑手提袋放在餐桌上，刚开始脱黑大衣的时候，门铃响了。

“嗵嗵”，科洛勃兴奋地朝门口跑去。

阿基拿起对讲机，里面传来一声：

“快递到了！”

阿基拿起印章①，急忙跑去门厅开门，结果吓了一跳。

头戴白安全帽、身穿白衣的三个男子在门外站成一排。一个抱着担架那样的东西。

---

① 编者注：日本签收快递时需要盖上印章。

“我们是救护人员。病人在哪里？”

“没什么病人！”

阿基话音刚落，三人大踏步走进门来。阿基瞧见那三人的长相，大声惊叫：

“不得了，钥匙奶奶，三人团伙来了！”

长竿子柔声细气地说：

“别出那么大声，小同学，我们粗手粗脚，别见怪哟！”

溜溜球按住阿基，长竿子从后面绑住阿基的手腕。

大胡子朝阿基龇牙一笑：

“哟——，刚才辛苦你了！”

说着，没脱鞋就走进里面的餐厅。

“钥匙奶奶，小心！”

“安静，小同学！实在不好意思啊！”

长竿子边说边把自粘胶带粘在阿基嘴上。这么一来，阿基既开不了口，又动弹不得。

一直朝三人摇尾巴的科洛勃终于察觉三人是干什么的，“汪汪”一声声大吼大叫，同时朝大胡子腿上扑咬过去。

溜溜球把手里的白纱布迅速贴在科洛勃鼻头上，让它闻了催眠剂，科洛勃软绵绵地倒在走廊里。

溜溜球说：

“用不着担心，午睡时间，小睡

片刻。”

阿基翻着白眼，被胶带封住的嘴巴只能发出“呜呜”声。这回溜溜球把这个样子的阿基绑在楼梯护栏上，连脚脖子也绑住了。

被五花大绑的阿基立在那里一步也挪动不得。长竿子像好意安慰似的说：

“可怜啊！开不了嘴，不好受吧？表情就像不倒翁——‘不倒翁、不倒翁，做个鬼脸给俺看！’”

餐厅里传来钥匙奶奶的声音：

“绑架我有什么用？等待我的钥匙孩儿……啊！”

大胡子粗声大气的声音回荡开来：

“钥匙奶奶美美睡一觉好了。长竿子、溜溜球，抬担架来！那可不是摇篮！”

抬着担架的两个人跑进餐厅，马上把筋疲力尽的钥匙奶奶放在担架上抬了出去。

担架从阿基眼前通过，出门而去。

阿基完全奈何不得，只能在一旁看着。

大胡子掏烟斗时，有什么从衣服口袋里掉出来。

地图！大胡子拾起，对令人目不忍视的阿基欣然搭起话来：

“钥匙奶奶交给我们好了。见过你以后，我们一直东张西望等待钥匙奶奶出现。钥匙奶奶会给假冒救护车拉走，谁也不可能察觉这是什么绑架事件。”

阿基两眼瞪视着大胡子。

“瞧你们干的好事！看我报警把你们抓起来，救出钥匙奶奶。等着瞧！”

阿基想斩钉截铁地说出这些话，但遗憾的是他只能在嗓子眼里“呜呜啊啊”。

大胡子心满意足地说：

“小同学，没少帮忙啊，谢谢！对钥匙奶奶，我们一定关怀备至，放心好了！好心劝你一句，就算告诉警察，警察也不会相信有钥匙奶奶这个人。那、再会！”

大胡子刚一出去，救护车的笛声就响彻天空，顷刻远去。

钥匙奶奶就这样被绑架走了。

阿基气得不行，“咚咚”跺脚跺响地板。

这样一来，自己就成了绑架钥匙奶奶的帮凶。后悔莫及啊！这口恶气非出不可！

门厅的门应该还开着。问题是身体全然动不得。

躺倒的科洛勃也像废弃的毛绒玩具似的一动不动。

莫非就这样被绑在这里、嘴巴粘着胶带等到妈妈六点多回来不成？

时间像蜗牛一样慢悠悠地一步一挪。

过去多久了呢？科洛勃猛地动了一下。

“科洛勃，挺住！”阿基勉强地发出声音给它打气。

或许因为呼气的关系，嘴巴上的胶带似乎多少有点儿松动。

“科洛勃，起来！起来把这绳子咬断！”

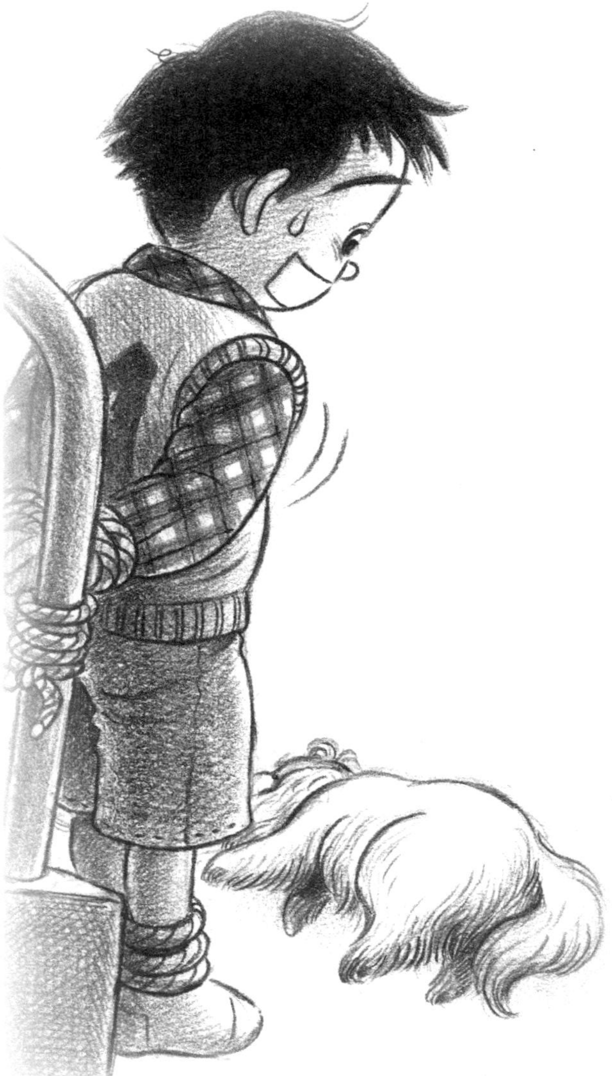

科洛勃好像稍微清醒过来，求助似的一摇一晃走到阿基跟前。

但是，阿基不能抱它，也不能摸它，顶多用脚趾尖像抚摸似的碰了碰它的肚子。

这时，门外响起人的动静。离妈妈回来，为时尚早；而三个恶人不大可能返回。

对讲机响了，到底有人来。不管谁来，阿基都要让他帮忙解开绳子。

阿基急不可耐地寻求帮助。

“家里有人！开门进来！门没锁！”

尽管还不能清晰地表达，但毕竟出声了——仿佛远处传来的獾的叫声。

“阿基，在家？”

门轻轻开了。

“啊，广树君……！”

当然仍是“啊呜——噢——噢——”般的喊叫。广树把惊愕的眼睛睁得足有500日元硬币那么大，一动不动地盯视阿基。

“怎么回事？阿基……！”

“噢——噢——啊呜——”

广树一个箭步冲来，揭掉阿基嘴巴上的胶带。

“谢谢！总算能说话了。钥匙奶奶……钥匙奶奶给三个坏人绑架了！”

广树一边解绳子，一边慌慌张张地问：“钥匙奶奶她？三个坏人？绑架……？！”

“一会儿跟你说。事情可不得了。广树，绳子解不开的话，去厨房把菜刀拿来！”

这时，门外响起“咔哧咔哧”的抓挠声响。阿基想起来了。

“是科洛勃！你来的时候它出去了。广树，把科洛勃放进来！”

广树打开门，嘴里叼着什么的科洛勃飞跑过来。阿基喊道：“那不是地图吗？大胡子口袋里装的地图。好厉害的哟，刑警科洛勃！你可真是名犬刑警科洛勃。啊，广树，把这绳子砍断，快快！”

营救失败

阿基把事件过程一五一十说了一遍。

从碰见怪模怪样的胡子主编，到树篱的钥匙，再到钥匙奶奶特意来了却被大胡子、长竿子、溜溜球这三人团伙绑架了，统统说了一遍。印着“《升学之友》主编田中和成”字样的假名片也掏了出来。“骗吃”的事也介绍了。

全部听完的广树激动地说：“钥匙

奶奶真的是有的啊！可是，三人团伙是为了什么绑架钥匙奶奶的呢？”

“那不清楚。钥匙奶奶有一串神奇的钥匙吧？那三个家伙会不会想用那串钥匙偷东西？”

“有可能。马上报警吧！”广树担心地说。

“不过，就像大胡子说的，警察叔叔会相信钥匙奶奶的事吗？还是先看这地图好了。”

“有关的地方果然有记号。”

“名犬”科洛勃拾来的地图，是Y

市地图。碰见伪装成胡子主编的大胡子的中央公园、阿基他们的樱山小学都打了“○”记号。

另有一处打“△”记号的，是樱山附近的一座小山岗，记号打在山里的一户人家那里。那一带建有几座“登山小屋”那样的别墅，而那一家总好像有些异常。

阿基沉思后说：“这樱山上的‘△’到底是什么，查完这个再报告警察吧！去樱山骑自行车也就三四十分钟，天没黑就能回来。这就去侦察一下？”

广树点头："好，即使为了钥匙奶奶，也还是越快越好。刚巧，我是骑自行车来的。对了，想起来了……"

广树从衣袋里掏出一个像是地图的东西。

"想起来你这里的目的了。这是有明游乐园的导游图，阿克要我转交给你。"

阿基一惊，回问说："阿克给我？去游乐园可是没有叫我的哟！"

"怎么会！"

"真的，广树你不知道？"

“我不知道。那是阿克忘了叫你了，他可能以为年年都叫，就算今年不特意叫，阿基也晓得的。你说没叫你去，那一定是你误会了。”

“阿克还说，游乐园由他爸爸领着去，这一点也转告阿基。”

“是吗？原来是我误会了。”

阿基看着游乐园导游图，心里一阵高兴，眼眶有些发热。

“我们带上科洛勃一起去吗？”广树问。

“虽然科洛勃可能想跟去，但它毕

竟不是牧羊犬那样厉害的狗，还是留在家好了。”阿基思忖着回答。

樱山的“△”记号别墅，很快就找到了。这是一座用粗大的木头建成的时尚木屋。但院子没有打理，满地落叶，长疯了的芒草和狗尾草就那样枯萎了，在冷风中摇头晃脑。

广树说：“好像一个人也没有，只是夏天有人来住。”

“去房后转转。”阿基说。

两人把自行车藏在芒草阴影里，

轻手轻脚往房后转去。

“窗帘拉开了！有人！”广树压低嗓音说。

“看！烟也冒出来了！”阿基说。

白色的烟从砖砌的烟囱里淡淡冒了出来。

“果然有些蹊跷。往里边看看！”阿基提议。

两人在地上匍匐前行，透过玻璃窗往屋子里窥看。里面有人影晃动。

“溜溜球，是溜溜球！”

阿基声音不由得大了起来。

这时，身后传来“哼”一声响，两人的脖领被一把拎起，脖子就像吊了起来似的。

他们扑腾着手脚一看，原来是满脸通红的大胡子，他伸出左右两手简直像拎刚出生的婴儿一样把两人悬空拎起。

大胡子的力气大得足以拿举重金牌。

他身旁的长竿子同情地说：“就像头儿您说的，到底是小孩子嘛！你俩纯属‘飞蛾投火’。噢噢，该说‘冬虫投火’才是？”

“长竿子，少废话！把这两个家伙带走！”

阿基和广树被大胡子和长竿子戳着脊梁骨，从门外戳进屋子，像扔小狗一样扔了进去。

他们看见了坐在大厅沙发上的钥匙奶奶的背影。溜溜球站在一侧。

“钥匙奶奶！”阿基大声喊道。

钥匙奶奶回过头，惊讶地站起身来，摊开双手说：“阿基君，你和同学是担心我才来的吧？可怜啊，被逮住了……”

三人团伙的如意算盘

大胡子他们三人在房间角落里悄悄商量起来，似乎在商量如何处理这意外出现的“飞蛾”。炉子里木柴的火苗一蹿一蹿地燃烧着。阿基、广树和钥匙奶奶并排坐在软乎乎的沙发上，看上去仿佛来山庄游玩的游客那般从容。

“钥匙奶奶，我很后悔，本来广树都说了，我却没有报警，来了这里……”

大胡子似乎是听到了阿基的话，吼道：“休说什么报警、报警！听得这个，都浑身起绿色荨麻疹。”

广树说：“三个家伙绑架钥匙奶奶是什么目的呢？”

钥匙奶奶觉得可笑似的低声耳语：

“说要把我的声音录进磁带，再把那磁带送给全国的孩子们。”

“钥匙奶奶唱歌的磁带？我也想要啊！”广树说。

钥匙奶奶拿出一张纸来：

“叫我唱《乞雨摇滚》，唱完念这段文章。我没搭理。瞧那三人写的，一塌糊涂的作文！”

钥匙奶奶笑着念了起来：

钥匙孩儿的朋友、孩子们的朋友，还会做美味佳肴，歌也唱得好听。我、钥匙奶奶，现在被人绑架了，关在监牢一样的地方，正在抽抽搭搭地哭泣。

这里很冷，饭菜也不好吃，也见不到孩子们。全国的孩子们哟，快救救我！求求你们，请一定给我写信。

如果不写信来，钥匙奶奶就永远无法离开这里。

你们的朋友　钥匙奶奶

“这么莫名其妙的东西，我能说出口去？”

广树感到费解：“不明白啊！接到信又能解决什么呢？”

钥匙奶奶闭起一只眼睛，淡淡一笑：

“那三个人眼睛盯的是信里的钱。虽然没特意说‘寄钱来’，可要是想帮助钥匙奶奶，孩子们肯定会寄钱来的——他们是这么盘算的。如意算盘！”

“原来是这样！”

阿基和广树对视一下，闷声笑了起来，以免三个坏人听见。可是，如果担心钥匙奶奶的几百几千个孩子100日元、200日元寄钱过来，那么加起来就可能有几十万、几百万日元。

大胡子走了过来，“吭吭”干咳两声。

“结论出来了。我们马上撤离这里，你们三人留下，往下随便你们怎么样。”

这时，门铃响了，大胡子一惊：“不要开门，也许警察来了！”

不料，轻轻开门进来的人——

穿着黑大衣，拿着钥匙串和黑手提袋，还拿着粉红色的伞，面带慈祥的笑意。她是谁？钥匙奶奶！

钥匙奶奶有两个！

阿基和广树也好，大胡子、长竿子和溜溜球也好，全都愣住了，表情僵得就像冰雪节的冰制米老鼠。

两个钥匙奶奶面面相觑。

后来的钥匙奶奶始终面带微笑。

不知为什么，被绑架来的钥匙奶奶表情僵硬。

后来的钥匙奶奶开口了："阿基君、广树君，话一会儿再说。警察就要来了！"

手持手枪的十多个警察轰然涌入大厅，队长模样的警察高声喝道：

"大胡子、长竿子、溜溜球！你们是实施绑架的现行犯，又有骗吃嫌疑，立刻逮捕！"

三人举起双手，放弃反抗。警察像一阵疾风冲到他们身后。

转眼之间三人就被戴上手铐。看样子后悔了的大胡子对阿基说：

“钥匙奶奶居然有两个，真没想到。哪个是真哪个是假？求求你，告诉我！”

“少啰唆！快走！”

三人团伙按溜溜球、长竿子、大胡子的顺序被带去门外。大家舒了口气。大胡子们以后势必要在监狱里过好多年。

留在大厅的队长向后来的钥匙奶奶“啪”一声立正敬礼，说：“警察局长的母亲居然被绑架，受苦了！由衷表示同情。那么，想就本次事件询问一下……”

这时，被绑架来的钥匙奶奶向前走了一步：

“山田队长，局长的母亲是我。关于这次事件，我、由我去局里说明。今天太忙了，请先回去好吗？”

被绑架的钥匙奶奶是《真假钥匙奶奶》中出场的那位警察局长的妈妈。

队长这回向被绑架的钥匙奶奶“啪”一声立正敬礼，然后走出木屋。

大厅里剩下两个钥匙奶奶，还有阿基和广树。

两个钥匙奶奶

别墅的开放式厨房里，传来《乞雨摇滚》的轮唱声音。

真钥匙奶奶和假钥匙奶奶肩并肩一边做饭，一边歌唱：

下雨喽　下雨喽

快下吧　快下吧

再不快下　大地着火了

小河没水了　嗓子冒烟了

这么美妙的事情，人世间会有吗？

两位钥匙奶奶为阿基和广树做好吃的饭菜，同时轮唱《乞雨摇滚》。

哦？假钥匙奶奶的音阶有点儿不对头。

真钥匙奶奶呢，总的说来有些谨小慎微，而假钥匙奶奶相当张扬，“咣咣”敲着平底锅。

和真钥匙奶奶相比，假钥匙奶奶好像更像钥匙奶奶。

假钥匙奶奶把肉块、青椒、洋葱做成烤肉串摆在餐桌上。

“我的‘海盗料理’如何？O–157大肠杆菌[1]够吓人的，所以肉烤得很熟。”

的确焦得发黑，但饥肠辘辘的阿基和广树吃得津津有味。

接着，假钥匙奶奶把热气腾腾的肉包子和淋了厚厚一层奶油的草莓甜品端了上来：

“和钥匙奶奶的手提袋不一样，我的手提袋里只有这几样。肉包子也是在超市买的现成品，抱歉啊！作为补偿，给你们看好玩儿的连环画剧。”

---

① 编者注：一种病菌，曾在日本造成大规模感染。

“好香哟！”阿基乖巧地说。

“说得让人高兴啊！”假钥匙奶奶应道。

真钥匙奶奶把烤牛排和漂着丸子的热汤端上桌来。

“为了暖和暖和身子，就做了中国风味的虾肉丸子汤。局长的母亲大人也请尝尝！”

这样一来，假钥匙奶奶有些难为情地说：

“被人称为局长的母亲大人，很是惶恐不安的哟！我这个假的，到底差一两个档次啊！好了，阿基君、广树君，大口大口吃！”

“那就不客气了！”

阿基和广树拿起烤肉串。

钥匙奶奶对假钥匙奶奶说：

“局长的母亲大人，谢谢您！感到寂寞的钥匙孩儿太多了，根本忙不过来，心里总觉得对不起孩子们。幸好您来帮忙……而且今天被错当成我，被人绑架了，实在抱歉得很。”

“哪儿的话！千万别对我这样的冒牌这么说，钥匙奶奶！您是我的偶像。

作为奶奶，我们都想为别人做点儿什么，是吧？我嘛，一不晓得钥匙孩儿住在哪里，二不会做好吃的。三呢，手提袋里全是方便食品。可我很喜爱孩子们，就模仿您的样子。毕竟孩子们是我们的希望。”

“嗯，希望！孩子们肩负着祖国和地球的明天。局长的母亲大人，实在太感谢了！今天就麻烦您为阿基君和广树君讲解连环画剧吧！”

听钥匙奶奶这么说，假钥匙奶奶微微笑道：

“乐意从命！阿基君，别把青椒剩下哟！青椒里维生素多着呢！”

“是的，阿基君，局长的母亲大人说的一点儿不错。”

钥匙奶奶和假钥匙奶奶对视一下，笑得十分灿烂。

“局长母亲大人钥匙奶奶，连环画剧还不开始吗？”腮帮子胀鼓鼓塞满肉的阿基问。

“连环画剧有两个。一个是《防人之心不可无》，一个是《坏人休想逃掉》，哪个好？《坏人休想逃掉》，是美国实际发生的骗子手故事。”

假钥匙奶奶真是喜欢“防人”啦、“坏人”啦、“骗子手”啦什么的，到底是警察局长的母亲，或许情有可原。

美美喝汤的广树开口了：

“那么讲实际发生的吧！”

“好咧，连环画剧正式开始！”

钥匙奶奶朝满脸喜色的假钥匙奶奶眯起眼睛鼓掌，侧起耳朵。

01 一个名叫法加森的骗子高手对来纽约旅游的老实人澳大利亚人说：

“我是政府方面的人，有一点想问问：海港改造工程开始后，自由女神像有些碍事，打算卖掉——这事你知道吗？”

“不，不知道。”

02 “眼下嘛，仅仅 10 万美元预付金就可以卖掉的。把自由女神肢解粉碎，你即使把碎片作为礼品出售，想必也能赚上一笔。”

“我买！马上付款，这就去银行吧！”

澳大利亚人兴高采烈地在自由女神像前和骗子合影留念。

03 可是，自由女神像怎么能卖呢？根本没那回事。澳大利亚人也终于意识到了，他把照片给警察看，骗子法加森最后被警察逮捕了。太好了，可喜可贺！

阿基吃了一惊。多么简单多么无聊的连环画剧啊！

假钥匙奶奶得意地说：

“明白了吧？这个连环画剧告诉我们，干坏事，肯定被抓，跑不掉的。画也是我画的哟！”

什么呀，这岂不太幼稚了？说来说去，假钥匙奶奶到底是警察局长的母亲。

忽然，阿基大惊，和广树一起喊道：

“钥匙奶奶！”

“钥匙奶奶不见了！”

真钥匙奶奶消失不见了。

餐桌上鸡蛋汤也好、烤牛排也好，也都消失了。

假钥匙奶奶边说边惊慌地东望西望：

“钥匙奶奶消失了！怎么会消失呢？我可做不到哟！”

假钥匙奶奶打开厨房窗往外看。不知何时，外面暮色沉沉，白色的什么一闪一闪飘落下来。

雪！开始下雪了。

“居然都会下雪！啊，钥匙奶奶我到底学不来啊！”假钥匙奶奶伤心地说。但她从伤心中挣脱出来，说：

“一会儿叫出租车送你们回去。你们把自行车也放上去。差不多该是妈妈回家的时间了吧？先打个电话！安心吃饭，接着吃！我也很高兴的，和你们一样，见到了钥匙奶奶，还得到了感谢！”

假钥匙奶奶继续喜滋滋地说道：

“吃，多吃！假钥匙奶奶虽然不会消失，但会朗读，给你们读《卖火柴的小女孩》吧！”

这么着，阿基和广树听了假钥匙

奶奶朗读的《安徒生童话》。

两人的肚子都已圆鼓鼓的了，和饿着肚子在雪夜街头来回走着卖火柴的女孩儿相比，有些让人不好意思。

外面，雪花静静地飘着。

后　记

三个恶人每次出场都必然被抓。这次又露面了，像“打鼹鼠”游戏里的鼹鼠一样，怎么也抓不完打不尽。

名犬“刑警”科洛勃是有原型的——我的住处一带极有人气的阿尼，附近的孩子们都叫它“足球名犬”“带球阿尼”。从养阿尼的阿婆那里借了照片配在这里，可爱吧？

假钥匙奶奶（警察局长的母亲）

的连环画剧，采用了实有其事的“自由女神”事件。就日本来说，等于“卖东京塔来了”“买不买姬路城”那样的勾当，完全无法置信。而美国毕竟是美国，连吹牛都格局不同。

假钥匙奶奶最后朗读了《卖火柴的小女孩》。不过，阿基和广树能理解“贫穷”和“饥饿”吗？

日本的小孩子们尽管十分幸福，然而

没有满足感，总觉得有什么在背后紧追不舍。孩子们的朋友钥匙奶奶为了帮助他们获得内心的宁静，今天也迈着碎步在哪里走来走去。

手岛悠介